BRUCE,
o Telepata

LIVROS DO AUTOR

Como A.M. Braga:
O Livro De Matos
Fóton I: O Grande Maestro
Fóton II: O Muro de Cristal
Fóton III: Arte Celeste

Como Anderson M.B.:
Bruce, o Telepata
O Artista Celeste

Como Pauloá Perrier:
Ereção 5.0: A Chuva de Folhas

Anderson M. B.

BRUCE,
o Telepata

A Ave Que Queria Ser Feliz

Título: Bruce, o Telepata
Subtítulo: A Ave Que Queria Ser Feliz
Site do Autor: andersonmb.com.br
Rio de Janeiro, agosto de 2021.

Dados Internacionais de Catalogação na Publicação (CIP)
(Câmara Brasileira do Livro, SP, Brasil)

B, Anderson M.
Bruce, o pênis telepata : a ave que queria ser feliz / Anderson M. B. -- 1. ed. -- Rio de Janeiro : Ed. do Autor, 2021.

ISBN 978-65-00-28082-1

1. Desenvolvimento pessoal 2. Ficção brasileira I. Título.

21-75857 CDD-B869.3

Índices para catálogo sistemático:

1. Ficção : Literatura brasileira B869.3

Aline Graziele Benitez - Bibliotecária - CRB-1/3129

ÍNDICE

1 – A árvore na montanha

Ele não sabia como fora parar lá, no alto daquela árvore, mas se recordava de quando ainda estava na base da montanha se preparando para iniciar a escalada, sem saber sobre a tempestade que ia chegar.

Quando a tempestade começou a se formar, ele achou que ia morrer se estivesse na montanha; mas depois que ela se instalou daquela forma tão avassaladora e o cegou onde estava, teve certeza de que estava morto.

Foi uma chuva torrencial de flexas incandescentes desabando sobre ele, cortando árvores, rasgando pedras, abrindo crateras...

No entanto, embora estivesse deitado com os olhos congelados naqueles clarões que pareciam vir de outra dimensão, seu corpo ficou tão energizado que quicou no chão colocando-se de pé e começou a correr montanha acima como um carro de rali extremamente turbinado.

Quando o homem finalmente deu por si, estava no topo da montanha, na copa de uma árvore, nu, completamente nu.

Era uma árvore frondosa, grande, larga, alta, volumosa... Os galhos formando inúmeros caminhos, cada qual com várias bifurcações.

Aos poucos, foi se adaptando ao ambiente, começou a subir pelos galhos como se fossem degraus de uma escada.

Continuou subindo, subindo, até que encontrou um local que lhe parecia próprio, uma espécie de trono naquele imenso castelo de galhos com seus vastos telhados de folhas.

Num relance, olhou para baixo. Embora não pudesse ver, sentia a presença de alguém. No chão, uma pessoa com a mão no tronco da árvore olhava para cima.

"Bruce, você está aí?", ela disse.

Bruce?, o homem pensou, dando-se conta de que não recordava o próprio nome.

Ela começou a subir rapidamente. Pouco tempo depois, estava diante dele, a face na altura da sua cintura, mirando o pênis que dormia na frente dela.

"Oh, Deus, é o Bruce!" Ela ficou muito surpresa. "Eu sabia!"

– Quem está aí? – ele indagou, erguendo o braço, tentando encontrar a pessoa que falava na frente dele.

"Eu quero!", ela disse.

– O que você quer?

"Eu quero tanto..."

O homem não conseguia ver para saber que a pessoa diante dele estava falando com a boca fechada, mas percebeu que a voz dela surgia dentro da cabeça dele sem passar pelos ouvidos.

– O que você... – Ele então percebeu que suas palavras não se propagavam, pois nem ele mesmo conseguia ouvi-las. – O que é isto?

Ela estava agora atritando as mãos rapidamente uma na outra.

– O que você está fazendo? – Ele tentou indagá-la, sentindo o campo de força magnética que se formava na altura da sua cintura, mas ela não conseguia ouvi-lo. – O que está acontecendo?!

A mulher então estendeu a mão lentamente, a palma voltada para cima como se estivesse equilibrando uma esfera, e tocou embaixo do saco, descarregando uma forte onda de choque que subiu até o alto da cabeça e retornou, gerando uma ereção instantânea. O que aconteceu depois? Ela abraçou o saco com a mão e começou a acariciá-lo. O que o homem fez? Ele gritou de boca fechada!

Mmmm!

Ele não sabia o que fazer, não via nada, sentia tudo, e jamais conseguiria descrever em detalhes o que sentiu quando ela estendeu a outra mão e segurou na base do Bruce, daquele jeito, movimentando as mãos como engrenagens de um relógio em perfeito sincronismo movendo os ponteiros.

"Eu quero muito!" Ela continuou dizendo por telepatia, massageando cada vez mais rápido, uma massageada cada vez mais envolvente.

– O que você quer?! – O homem tentava indagar, sentindo como se o membro estivesse prestes a se desprender do corpo e sair voando, mas ela não conseguia ouvi-lo.

"Eu quero..." A mulher continuou dizendo, as mãos cada vez mais velozes.

– Fala logo o que você quer! – Ele fazia uma força enorme tentando falar, as veias latejando no pescoço.

"Eu quero..."

– Fala!"

"Eu..."

– Fala!!"

Finalmente ela disse:

"Eu quero te ouvir, Bruce, fala comigo!"

Nessa hora, cinco coisas aconteceram quase que simultaneamente:

O tronco que apoiava as costas do homem acoplou na sua coluna vertebral como se fosse a outra peça de um quebra cabeça. Filamentos elétricos começaram a correr velozmente pelos galhos, acendendo todas as folhas da árvore. O clarão que o cegava sumiu dos olhos dele. Ele sentiu como se aquela tempestade estivesse agora dentro da cabeça dele e, quinta, mas não menos importante: Bruce falou como um gênio saindo da lâmpada:

"Olá!"

2 - Felicidade

A mulher quase caiu da árvore quando Bruce falou com ela, por telepatia, em alto e bom tom.

"Você falou?"

"É um prazer falar com você!"

"Que voz linda!"

"A sua é mais linda ainda!"

Ela olhou em volta.

"Que árvore linda!"

"Eu não consigo vê-la, mas posso senti-la e, acredite, sentindo é mais lindo ainda!"

"Espere!" Ela exclamou muito surpresa. "Você vibra enquanto fala?"

"Também falo enquanto vibro..." Ele deu uma estirada trêmula para o lado, fazendo um charme.

"Alguém veio aqui antes de mim?"

"Você é a mulher número um. Como posso chamá-la?

"Pode me chamar assim mesmo, Mulher Número Um. Eu adoro ser a primeira."

"Ave Maria! Por que toda mulher é assim? É por isso que fica uma furando o olho da outra! Esquecestes que as últimas serão as primeiras?"

"Então que eu seja a última, mas jamais deixarei de ser a primeira!"

"Uau! Que determinação! Mulher assim vai longe até andando de costas, que dirá voando! Chamar-te-ei Airam!"

"Airam?"

"Parece nome de ave, não é mesmo? Eu adoro as aves. Elas aprenderam a voar porque não se contentaram em ciscar na terra."

"Mas, a que tipo de ave você está se referindo?"

"Só depende de você! Eu gosto das aves que voam bem alto..."

"Pode me chamar pelo nome, eu me chamo Magda."

"Chamar-te-ei como quiseres, e nem por isso deixarás de ser quem és! Agora me diga, serás tu uma ave que voa, encantada na imensidão do céu, ou ficarás eternamente ciscando no chão, depenando-se junto às outras porque não sabe voar?"

"Eu quero voar! Eu quero voar encantada! Eu quero ir longe até voando de costas!"

"Seu querer vai muito além de um bem-querer! Prepara-te para o voo, chegou a hora de tirar o bico da lama! Alçarás o voo perfeito, olharás para mim lá do alto, só para dizer que me ama!"

"Jura?"

"Fala para mim o seu desejo!"

"Ah... Eu gostaria de desejar alguma coisa diferente, mas nem isso eu consigo..."

"Não consegue porque não conhece, se conhecesse já estaria desejando!"

"Não conheço o quê?

"O fruto que já brotou por ti nesta árvore!"

"Fruto? Onde ele está?"

"Está amadurecendo... Então olhe para ele, mas olhe com aquele olhar de bondade, a árvore acabou de me dizer: o seu fruto é o da felicidade!"

"É isso! É exatamente isso que desejo, eu desejo ser feliz!"

"Seu desejo é uma ordem muito além do meu prazer! Fostes tu quem fez o fruto aqui brotar, nos fazendo enriquecer!"

"Eu fiz isso? Como?"

"Instinto feminino, sabedoria de mulher... Aprecia quem tem olhos, deseja quem te quer!"

"Então eu vou colher o fruto da felicidade e cantar encantada no voo perfeito?"

"Colherás o fruto da felicidade e, como a primeira grande ave, tu serás a minha Eva!"

"Eva? Como essas coisas vão acontecer?"

"Não julgueis o método e não serás julgada! Voo perfeito só é possível quando já se sabe voar! Então receba agora o primeiro empurrão: jamais queira ser feliz com algo que esteja distante. Seja feliz com o que está ao seu alcance, na sua mão, aqui e agora: seja feliz com você por tudo o que tu és!"

"Oh, é lindo! Mas o problema é que a tristeza sempre volta..."

"Então bata as suas asas porque lá vem o empurrão número dois: o comprometimento com a felicidade precisa ser reforçado todos os dias antes de dormir e ao acordar, para que você jamais se esqueça que o seu maior desejo é ser feliz!"

"Se eu tivesse alguém para me lembrar essas coisas todos os dias, seria muito mais fácil, entende?"

"É claro que entendo! E entendo tanto que eu irei com você!"

"Você irá comigo?"

"Estarei contigo todos os dias... Tu me levarás para cama, colocar-me-ás no teu travesseiro, aquecer-me-ás no teu pescoço, conversarás comigo o tempo todo, e o dia todo olharás no espelho com aquele olhar de quem diz: como é bom ser feliz!"

"Você fala tão bonito..."

"Eu gosto de conjugar o verbo!"

"Conjugar o verbo?"

"Com a mente no futuro de qualquer jeito, só para viver no presente mais-que-perfeito!"

"Presente o quê? Que tempo verbal é esse? Eu conheço o..."

"Cala-te, mulher! Não queira me falar sobre este pretérito mais-que-perfeito! Passado nenhum é perfeito, que dirá mais-que-perfeito! Este tempo verbal é coisa de português sonhando com as grandes navegações, quando descobriram o novo mundo, mas brasileiro não se engana! Brasileiro sabe que o passado não foi perfeito nem no paraíso do céu, que dirá no paraíso da terra!"

"Nem no céu?"

"Esqueceu do motim que rolou na grande mansão celestial? O negócio ficou feio..."

"E no paraíso da terra, você vai me explicar exatamente o que aconteceu?"

"Está achando que o meu saco é de pancada? É pra frente que se olha! Então olha eu aqui, pronto para ir com você, aonde quer que você vá!"

"Você irá comigo até no meu trabalho? Jura? Aquele lugar está tão..."

"Quando juro, não perjuro, nem desdigo quando digo! Se me levares escondido, também lá eu estarei contigo!"

"Então conjuga o verbo, conjuga!"

"Levar-me-ás na tua bolsa para o trabalho. Fofocar-nos-emos no banheiro bem de pertinho. Bebê-lo-ás comigo aquele cafezinho. E se alguém te aborrecer numa daquelas reuniões testosteronizadas, eu estarei pronto para virar a mesa com uma bela cabeçada!"

"Então vamos!" Ela começou a puxá-lo. "Vem! Vem!"

A árvore começou a balançar.

– Bruce, manda ela parar! – O homem tentava falar, colado na árvore com os olhos virados. Sentia-se como no ato da ejaculação desde que Bruce começou a falar, mas agora estava prestes a sofrer um blecaute. – Eu não vou aguentar por muito tempo, é muito forte!

"Puxa, puxa..." Bruce instigava.

"Mas você está preso!"

"Você ainda não prometeu que vai me proteger daqueles pets ciumentos!"

"Prometo."

"Promete que não vai deixar um gato enfiar-me aquelas unhas afiadas? Eu não quero virar arranhador de gato, hein? Nem ser enterrado por um cão todo babado! Você vai mesmo cuidar de mim?"

"Pode ficar despreocupado."

"Promete que não vai me oferecer ao seu marido?"

"Eu sou solteira..."

"Nem depois, quando estiver casada?"

"Prometo."

"Nem depois, quando estiver passada, para se apimentar na relação?"

"O que você disse?"

"Eu disse que não é para você sair por aí oferecendo a felicidade para quem não quer ser feliz! Isso sempre dá problema! Eu não quero que você volte aqui com raiva de mim, ouviu?"

"Já disse que prometo!"

"Ok... Então pode ir lá colher o seu fruto." Ele apontou a direção.

Mas quando ela viu...

"Oh!"

A árvore estava repleta de frutos acendendo nos galhos: Riqueza, Talento, Amor, Prosperidade, Hábito, Sucesso, Dinheiro, Bondade...

"Uau!" Ela ficou encantada.

"Aquele é o galho onde está o fruto que hoje você veio buscar. Vá até lá e colha o seu. Tem de vários tipos e tamanhos, até de camurça tem. Mas só leve aquele onde estiver escrito Felicidade, ouviu? A árvore sabe exatamente de quem é cada fruto que nela brota!"

"Mas eu também quero os outros frutos!"

"Então deseja voando, e voa desejando! O que você desejar de verdade vai brotar aqui nesta árvore."

"Eu vou voltar...", ela disse, com o fruto dela na mão. "Eu vou voltar para buscar mais!"

"Já estou te esperando!"

A mulher então desceu a árvore e seguiu caminhando.

3 - Um pouco de certeza

Que árvore é esta?, o homem pensou, olhando em volta. *O que estou fazendo aqui?!*

Ele precisava entender o que estava acontecendo, por que estava preso naquela árvore, mas Bruce não se importava com isso. Bruce sentia-se vivo como nunca e, lúcido como se apresentava, não ia permitir que qualquer tipo de conflito interno lhe fosse gerado por meio de perguntas duvidosas.

"Ereção 5.0!" Bruce disse alto e bom som, dando uma pulsada vigorosa. "Ereção máxima!" Não havia dúvidas. "Rigidez absoluta!" Só havia certezas.

De fato, com Bruce daquele jeito, acoplado como estava, o homem não precisava fazer nenhuma pergunta, afinal de contas, Bruce já afirmava que sabia tudo!

Ele abriu os braços com os punhos cerrados no alto da árvore e, sentindo-se imensamente capaz, começou a gritar:

– Ah...

E o grito foi saindo...

"Ahh!"

Respirou fundo e, enquanto um raio explodia na árvore, fechou a boca e disparou o trovão:

"AHHHHHH!"

Uma folha pulsou na árvore.

Ele leu:

'Não há nada encoberto que não tenha sido revelado.'

Tudo confirmava.

Bruce estava rígido como uma rocha polida, brilhando como um metal. O homem ergueu a cabeça e olhou para frente. Havia outra pessoa diante dele.

Foi um momento hipnótico.

Ninguém disse uma palavra, mas parecia que tudo na árvore falava, o próprio silêncio se manifestava.

Ela envolveu a extremidade com a mão e a deslizou fazendo uma leve rotação, até parar na base. Uma gota cristalina surgiu, ela colheu, agradeceu com um gesto, desceu a árvore, e seguiu caminhando.

A mulher não fez pergunta alguma, não disse uma palavra, mas levou tudo o que precisava: um pouco de certeza.

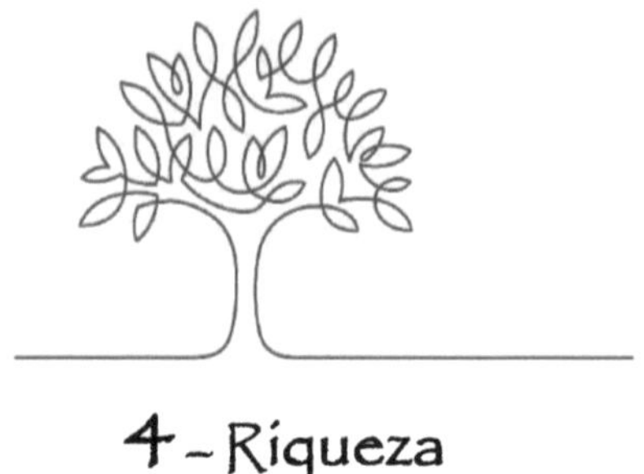

4 - Riqueza

"O que desejas?", Bruce indagou à próxima pessoa que subiu na árvore.

Ela ia começar a falar, mas se conteve e olhou para baixo.

"Diga", ele insistiu, já meio desconfiado.

"Tem a ver com a riqueza..."

"Riqueza? Já vi que a ver com a pobreza!"

"Eh..., também.

"Uma ova!" Bruce ficou alterado. "Não queira confundi-las! Uma coisa é uma coisa, outra coisa é outra coisa completamente diferente!"

"Mas..."

"Eu quero ouvir da sua boca o que você realmente deseja."

"Eu desejo sair da pobreza."

"Olha só! Ela acha que me engana..."

Bruce caiu na gargalhada.

"Por que você está rindo?"

"Estamos conversando por telepatia, esqueceu? Não foi da sua boca que eu ouvi isso, foi da sua mente, e ela acabou de me dizer que..."

"Você está curtindo com a minha cara?"

"É claro que não! Posso até ser do tipo que fala o que vem à cabeça sem pensar, pois não sou de perder tempo.

Mas o que a sua mente me disse claramente é que o seu cérebro está programado para estar sempre buscando a pobreza!"

Ela não gostou do que ouviu.

"Realmente não sei o que estou fazendo aqui! Ainda mais conversando com um..."

"Opa! Alto lá... Você está conversando com o Bruce!"

"Ainda assim, um pênis!"

"Então por que me procurou?"

"Eu não te procurei! Só parei lá embaixo para descansar um pouquinho. Não tinha ninguém quando cheguei, mas um raio caiu aqui e atraiu a atenção de todo mundo. Quase teve briga! Concordamos que a subida seria por ordem de chegada, mas uma mulher apareceu do nada, cheia de certeza de que havia chegado na minha frente, acredita? Que cara de pau! Mas ela tinha tanta certeza, que até eu fiquei confusa. O que ela queria?"

"Um pouco de certeza."

"Mais? Ela vai enlouquecer!"

"Cala-te, mulher! Não sabes tu que a loucura é uma grande incerteza?"

"Não..."

"Então não venhas me culpar. Se quiseres continuar sendo pobre, o problema está na tua cabeça, não na minha."

"Para de ficar falando isso. Eu não desejo a pobreza nem para a minha maior inimiga!"

"Então por que pensou nela?"

"Em quem?" Ela ficou desconsertada. "Eu não desejo a pobreza!"

"Mas pensa na inimiga, certo?"

"Só se for para me afastar dela!"

"Conectando-se com ela por meio do pensamento? Estreitando os laços por meio da emoção? Dando um beijinho na boquinha dela, sentindo aquela sensação?"

"Deus me livre!"

"Deus não vai te livrar daquilo que você procurar."

"Eu não subi aqui para falar sobre ela, mas para falar sobre essa pobreza que não quer me deixar!"

Bruce se curvou e olhou para o alto.

"Pênis-Pai todo poderoso, proteja-me! Não permita que nenhum fruto venenoso brote aqui nesta árvore!" Descurvou-se e parou como uma bazuca apontada na direção dela. "Se você fizer algum fruto pobre brotar aqui, eu juro que perco a cabeça com você!"

De repente, Bruce começou a se contorcer. Ela ficou congelada, os olhos arregalados. Ele se destorceu num coice e gritou:

"Cala-te, pensamento infame! Comigo tu não falarás! Amputar-te-ei a cada instante, e jamais me vencerás!"

"Com quem você estava falando?", ela indagou.

"Acabei de me exorcizar."

"Sério?"

"Seríssimo!"

"Por quê?"

"Minha cabeça já estava quase sendo contaminada, acredita?"

"Mas você não pediu a Pênis-Pai para te proteger?"

"Já te falei que as minhas bolas não são de tênis para ficar tomando raquetada, indo só para tomar na cara e depois voltar para tomar mais? Acha mesmo que eu sou trouxa de pedir algo a Pênis-Pai e não fazer a minha parte? Pênis-Pai não se engana, e é exatamente por isso que pedido sem confirmação é pedido em vão! Mas cuidado com as confirmações, hein? Essas são atendidas sem mesmo ter existido o pedido!"

"Sério?"

"Seríssimo! De que adianta pedir para sair da pobreza, mas confirmar o tempo todo que o que queres é estar nela?"

"Eu confirmei isso?"

"Desde que chegou."

"Então me exorciza!" Ela se ajoelhou e inclinou a cabeça. "Eu quero ser exorcizada! Essa confirmação não é minha..."

Bruce caiu na gargalhada.

"Faz-me rir..."

"Por que você está rindo?" Indagou desconsertada, levantando-se.

"Você disse que a confirmação não era sua, entregando quem estava pedindo..."

"Eu fiz isso?"

"E nem precisava fazer. Se a confirmação fosse sua, você mesma teria tomado a iniciativa."

"Então quem fez essa confirmação?"

"A própria pobreza! Porventura não podes ver que pobreza é como um pé de bananeira?"

"Pobreza é como um pé de bananeira?"

"Não leve isso para o outro lado, hein? Não seja traiçoeira! Não estou me referindo às nossas amiguinhas superenergéticas, ricas em potássio e muitas outras vitaminas..."

"Então explica, explica por que a pobreza é como um pé de bananeira!"

"Ok, vou tentar, mas isso você já deveria saber. Nascida e criada na república das bananas, e até hoje pensa que aqueles pontinhos pretos dentro das branquinhas são sementes? A bananeira se reproduz por meio de caules subterrâneos em forma de raiz, o rizoma, de onde surgem outras bananeiras..."

"Ah..."

"Está entendendo a analogia?"

"Sim, continua."

"Quando uma bananeira dá o cacho de bananas, ela entra num processo de morte..."

"Então foi por isso que a pobreza disse que queria ser exorcizada? Não entendi. Ela queria morrer mais rápido?"

"Está achando que exorcizar é o mesmo que reprogramar? O processo de morte que ela entra é parcial e isolado. Lembra que é da raiz que surgem outras bananeiras? Então, quando ela, que já está morrendo, é cortada, um de seus rebentos cresce mais rápido para dar logo outro cacho, e assim sucessivamente..."

"Ah... Tem mais alguma coisa?"

"Sempre tem."

"Então diga."

"As bananas se reproduzem praticamente sozinhas, por clonagem, já que uma bananeira nasce diretamente da outra..."

"O que isso quer dizer?"

"Quer dizer que não é a riqueza que gera a pobreza, é a pobreza que multiplica a si mesma. Quer dizer que toda vez que você pensar na pobreza com os pensamentos dela, será ela quem falará por você, será ela quem tomará as decisões na sua vida. Então para de dar a ela o direito à palavra, e cala a boca dessa infeliz de uma vez por todas!"

"Mas como eu faço isso?"

"Buscando a riqueza, descobrindo a riqueza, confirmando a cada dia que o seu maior desejo é mergulhar na riqueza, mergulhando fundo, de corpo e alma!"

5 - Dinheiro

"Então olha para mim e diga se eu realmente serei rica", ela disse, muito animada.

"Você já é rica."

"Muito?"

"Muito!"

"Muito mesmo?"

"Muito mais que isso: muitíssimo!"

"Eu vou nadar em dinheiro?"

"Mas que pobreza da peste, hein? Enraizada! Então é só isso que importa, dinheiro?"

"Por quê? Não posso ter dinheiro?"

"É claro que pode!" Ele disse imediatamente, sentindo-se como se estivesse prestes a tomar um tapa na cabeça.

"Que bom!" Ela disse.

"Eu estava pensando numa riqueza mais rica e duradoura... Mas não tem problema, o que você não pode é continuar sendo pobre!"

"Ótimo! Então vamos conversar..."

"Tem certeza de que é só o dinheiro que te importa?"

"É claro que não! Eu quero o dinheiro e tudo o que ele pode comprar... O dinheiro compra tudo! Você vai me ajudar?"

"Tem algum dinheirinho aí pra gente continuar conversando?"

"Hein?"

"Está achando o quê? Odeio aquelas cuecas vagabundas! Teve uma que me deu alergia, acredita? Eu fiquei cheio de bolinhas! O dia todo suando sem poder respirar, os beliscões não paravam de me atormentar... Puxa daqui, puxa de lá, o saco não parava de coçar... Que que é isso! Cueca de sisal?"

"Mas eu não tenho dinheiro, eu sou..."

"Cala ela, mulher banguela!" Bruce deu um coice quando ela ia falar novamente sobre a pobreza.

"Eu não sou banguela!"

"Tem olho?"

"É claro que tenho!"

"Então é olho por olho e dente por dente! Vamos, pega o alicate de dentista, fura logo o olho dessa vigarista!"

Ela acertou a postura e estalou a garganta, preparando-se para falar.

"Eu sei que eu sou rica, muitíssimo rica, mas ainda estou para colher os maravilhosos frutos da riqueza. Por ora, querido Bruce, não há papel-moeda no meu bolso, bolsa ou carteira, tampouco moedas de ouro embaixo do colchão ou atrás da geladeira..."

"Gostei de ouvir... me chamou de querido... Isso já paga tudo! Mas você não tem outras formas de pagamento não? Eu estou precisando de um sabonete que..."

"Embora eu seja imensamente rica, querido Bruce, meus cartões de crédito ainda não descobriram que o céu é o limite ilimitado no ar..., as contas, mesmo chegando sempre antecipadas, não param de atrasar; aquelas empresas de cobrança não param de me atormentar; e os números na minha conta bancária ainda não descobriram suas reais grandezas à direita do zero."

"Caramba! A situação está preta, hein? E eu aqui achando que aquele depilador era importante... Mas por que ainda nasce capim no meu quintal? Só para me deixar isolado no matagal? Não aguento mais tremer na base com aquelas giletes enferrujadas..."

"Então é só isso que te importa, querido Bruce, dinheiro?"

"É claro que não! Amei ser chamado de querido..."

"Meu querido, você é o meu queridão!"

"Hmmmm... Isso foi um elogio ou uma cantada?"

"Vamos parar de brincadeira, tempo é dinheiro! Quero experimentar pratos exóticos, degustar vinhos maravilhosos, comprar um carro novo, viajar pelo mundo..."

"Sair em capas de revista com aquele sorrisão, só para esfregar na cara da inimiga, né?"

"Para com isso! Você vai me ajudar a encontrar o dinheiro, sim ou não?"

"É claro que sim! Está achando que eu brinco em serviço? Então vamos direto ao assunto: que venha o fruto do Dinheiro!"

6 - Mais dinheiro

"Qual é o primeiro passo para eu finalmente encontrar o dinheiro?"

"O primeiro passo é saber que todo encontro se inicia com a busca!"

"Isso eu já sei."

"Um ovo de ova! Todo mundo acha que sabe, mas sabe tão pouco que não sabe nada! É por isso que vivem de olhos fechados, alimentando a desgraça, só para ficar sonhando com o milagre da loteria!"

"Não posso fazer uma fezinha?"

"É claro que pode! Eu ganho toda vez que faço..."

"Toda vez?"

"O tempo todo! Não preciso nem ver os números sorteados para saber que já ganhei."

"Jura que você vai me ensinar a ganhar dinheiro assim?"

"Está achando que sou varinha de ilusionista para ficar iludindo as pessoas? Aqui o papo é reto! Quando jogo na loteria, nem vejo os números que a dúvida sorteou, só para não perder a certeza de que os números da vez sempre serão os meus. Entendeu agora o que é fazer uma fezinha? Fazer uma fezinha é jogar na loteria sabendo que já ganhou!"

"Nossa! Você me inspira..."

"Você não sabe o quanto já transpirei para fazer isso..."

"Que sorte encontrar você!"

"Sorte mesmo é o azar não ter sido criado pela sorte. Se o tivesse sido, o azar não seria azarado, e você jamais teria parado para relaxar quando viu essa árvore. As coisas vão mudar na sua vida, disso eu tenho certeza! Basta você dar um passo após o outro..."

"Qual é o segundo passo?"

"Nem concluímos o primeiro, e você já quer dar o segundo? Está querendo colocar a carroça na frente dos burros?"

"Não estou querendo colocar a carroça na frente de burro nenhum. Estou determinada a colocar a carruagem real na frente da cavalaria imperial!"

"Gostei dessa! Então põe! Se os cavalos têm pernas, você também tem! Não se limite a eles, bota essa carruagem para correr!"

"Qual é o próximo passo?"

"Em que passo paramos?"

"Eu não paro, estou correndo, olhando para frente, deixando os cavalos para trás, indo encontrar-me com o dinheiro!"

"Então olha para o chão antes que seja tarde!"

"Por quê?"

"Para encontrar-se com o dinheiro, você precisa correr pastando!"

"Do que você está falando?"

"Estou falando sobre o reconhecimento do terreno. Qualifique-se para encontrar o que está procurando. Estude finanças, empreendedorismo, as leis de mercado no capitalismo... Saiba como o dinheiro funciona. O que mais tem nesse campo minado é areia movediça. Então é bom saber reconhecê-la antes que seja tarde. E nunca fique parada diante dela, ouviu? É pior que miragem no deserto! O dinheiro sempre se lança na frente, só para te levar com ele..."

"Mas como eu faço para não cair na tentação?"

"Exorcize-se imediatamente!"

"E se não funcionar?"

"Ah... Se isso não funcionar e o vendedor continuar insistindo, pegue-me dentro da bolsa e dá na cara dele! Se ele quer dinheiro, você também quer. Se ele acha que pode te intimidar numa luta de espada, você tem o Bruce!"

"Eu tenho o Bruce?"

"Só não tem quem não quer! Olha eu lá no galho da árvore, parecendo um morcego de cabeça para baixo..."

Ela riu.

"E depois, qual é o próximo passo?"

"O depois é depois, tem gente esperando lá embaixo. O que você não pode deixar acontecer é se esquecer que o seu maior desejo é enriquecer! Então vai logo buscar o seu fruto proibido chamado Dinheiro!"

7 - O futuro felíz

A próxima pessoa subiu na árvore de um jeito peculiar. Ela dava belos saltos, sempre exteriorizando uma emoção diferente em cada gesto seu. No entanto, sempre parava para olhar para baixo, e lá ela ficava, parada, olhando para baixo, numa total perda de tempo.

Embora se mostrasse extremamente poderosa em alguns momentos, noutros, parecia que estava carregando um peso morto, uma mala sem alça que ela insistia em levar consigo.

Logo ficou claro que estava presa a sofrimentos e mágoas passadas. Consequentemente, a conclusão foi óbvia: ela estava buscando, mas ainda não havia descoberto, o poder da emoção.

Quem encontra o poder da emoção não perde tempo olhando para trás, e por isso só olha para frente, e para o alto.

"Suba e me beija, ou desça e desapareça!", o homem disse lá de cima, enviando o sinal para um dos galhos da árvore pela medula espinhal.

O galho torceu fazendo um barulho. Ela se assustou e olhou para o alto. O galho distorceu fazendo outro barulho. Ela saltou.

"Suba!"

Outro salto.

"Não para de subir!"

Ela deu um salto após o outro, sem olhar para baixo.

"O que desejas?", ele indagou.

Ela ficou em silêncio total olhando-o nos olhos – havia acabado de realizar o maior de seus desejos: libertar-se do peso morto emocional, resíduos sujos de experiências passadas.

"Tem algum outro desejo?"

A mulher gemeu de emoção. Uma cachoeira de água fresca e cristalina descia agora sobre ela – não estava mais bloqueada nas experiências passadas, mas livre, no instante presente, para começar a viver o seu futuro feliz.

8 – Mais rápido!

"Beijar a mulher número quatro no alto da árvore foi maravilhoso. Leve, límpida, enérgica, viva..., assim estava ela. Abracei por completo a sua cintura com os braços, ela abraçou a minha com as pernas e, de pé, no alto da árvore, sobre mim ela subia, sempre olhando para o alto!"

"Ei", Bruce protesta. "Era sobre mim que ela subia!"

"Era sobre mim. Você não via nada, estava no escuro, esqueceu?

"E você estava parecendo um maluco com os olhos virados!", Bruce dá o troco.

"Eu só virei os olhos no início, quando você começou a falar...", ele tenta se explicar. "Aquilo quase me matava! Mas depois ganhei resistência, aprendi até a falar de boca fechada."

"Como ela estava?"

"Cabelos ao vento... Que grande evento! Os olhos brilhando, os lábios saltando da boca... 'Mais rápido!', ela disse, beijando-me ardentemente, 'mais rápido!'"

"O que você fez?

"Eu estava acoplado na árvore, foi ela que fez..."

"O que ela fez?"

"Ela não perdeu tempo...

"E...?"

"Subiu mais...

"Mais?"

"Mais!"

"E...?"

"Começou a ser beijada..."

"Lá?"

"A mulher gemeu com vontade, os galhos balançando no vento, as folhas aplaudindo... Sentia-se capaz de desejar qualquer coisa, pois, naquele estado, sabia que tudo lhe era possível!"

"E...?"

"Perguntei como estava se sentindo."

"Ela estava no nível MOE, Múltiplos Orgasmos Emocionais!"

"Eu sei..."

"O que ela respondeu?"

"Ela estava inebriada de prazer, o coração farto, a mente viva, completamente livre para amar e ser amada. Então eu disse assim: pense no estado que se encontra a sua mente e o seu coração neste exato momento. Esse é o seu estado natural. Nesse estado, com sabedoria para enxergar as prioridades, nada pode te impedir de ser feliz. É quando você se conecta com as suas potências e aure forças para se transformar no ser que mais deseja ser: a mais bela versão de si mesma!"

"Caramba! O que ela disse?"

"Ela perguntou se tudo aquilo era real."

"O real é o que nos toca psicologicamente!"

"Eu sei..."

"O que você respondeu?"

"Se você quiser que seja, assim será! O mais belo estado da mente e do coração está nas suas mãos, basta nele você acreditar, e nada vai te impedir de chegar aonde você desejar!"

"Mandou muito bem, meu senhor!"

"Eu sei..."

9 - Prosperidade

"Eu desejo encontrar a prosperidade!", disse a próxima pessoa que subiu na árvore.

"Repita essa palavra", Bruce disse a ela.

Ela repetiu:

"Prosperidade."

"Novamente."

"Prosperidade."

"Deixa a alma gritar, minha filha! Enche a boca, fala com o corpo e a alma!"

"Pros-pe-ri-da-de!"

"Isso! A abundância é a mensageira da prosperidade. Quando a abundância chega em nossas vidas, ela não chega apenas para satisfazer os nossos desejos, mas, principalmente, para nos fazer desejar mais!"

"Mais?"

"Mais, muito mais! O desejo é o grande mensageiro. Parar de desejar é o mesmo que se calar."

"Então eu devo desejar a abundância?"

"É claro que não!" Bruce se envergou, quase dando um karatê nela. "Não cometa esse erro! A gente acaba se transformando naquilo que tanto deseja. Veja-se na abundância, mas não se confunda com ela. A abundância não ouve, não fala, não vê e não sente nem a si mesma."

"Então..."

"É a prosperidade que você tem que desejar! E jamais pare de conversar com ela, porque, quando nos calamos diante da prosperidade, ela se cala diante de nós, e, quando isso acontece, a abundância se transforma em desperdício, e o desperdício em escassez."

Um silêncio se manifestou para que ela pudesse pensar a respeito.

"Reconheça o seu espírito jovem, ele não envelhece com o tempo." Bruce voltou a falar, tendo novos *insights*. "Não ignore os seus talentos, jamais permita que a prosperidade se cale na sua vida. Onde a prosperidade não fala, a vitalidade envelhece, a saúde adoece, e a felicidade se entristece."

Bruce então começou a chorar. Uma folha se desprendeu da árvore e caiu na frente dela.

"Por que você está chorando?"

"É muito triste ver a felicidade triste!", ele disse, soluçando.

"Não fica assim, eu vou chorar também..."

"Promete que não vai mais ficar triste?"

"Prometo."

"Promete mesmo?"

"Eu prometo!"

"Alguma folha caiu perto de você?"

"Sim."

"Leia o que está escrito, eu também quero saber..."

Ela pegou a folha e leu:

"'Você não precisa procurar pela prosperidade, ela já está em você. Não se trata de uma busca, mas de um encontro. Para a abundância chegar na sua vida, basta com a prosperidade você conversar.'"

Ela guardou a folha, preparando-se para descer.

"Não vai embora não", ele pediu. "Vamos continuar conversando..."

10 - Hábito

A próxima pessoa que subiu na árvore desejava conseguir mudar certos hábitos. Ela disse que tentava, tentava, mas nunca conseguia. Bruce já estava ficando sem saco com as histórias que ela contava, as regras que seguia, o esforço que fazia, as cobranças, a persistência...

"E nem vai conseguir!", Bruce exclamou, impaciente.

Ela tomou um baque.

"Por que não?"

"Porventura não podes ver que persistência em trabalho duro é coisa de pênis que não quer ver?"

"Então, o que devo fazer?"

"Divida-se em três!"

"Dividir-me em três? Como assim?"

"Hábito se muda no passado e se cria do futuro. Tudo o que você precisa fazer para mudar e criar hábitos em paz é se dividir em três e se abraçar com uma parte sua em cada lugar, presente, passado e futuro."

"Só isso? Jura? Além de ter que construir uma máquina do tempo, eu ainda terei que me dividir em três e me teletransportar? Mas como eu cumpriria essa nova missão peniana sem ter que me matar?"

"Calma, mulher! Se você quiser se encontrar, nem tudo estará perdido.

Se há passado, presente e futuro, você pode ser três pessoas em prol de um único ser tranquilamente, cada uma agindo em um tempo diferente. Então é isso, seja uma Mulher 3 em 1!"

"Não seria melhor dizer 3 por 1? Lembra daquele lema? 'É um por todos, e todos por..."

"Isso é coisa da época em que os aparelhos só tocavam disco de vinil! Não fique desatualizada! 3 em 1 é vinil, rádio e fita K7!"

"Multimídia não seria mais atual?"

"Melhor ainda! O importante é dividir-se em três e colocar essas três pessoas do mesmo ser para interagir entre si com uma única regra em comum: toma lá, dá cá, toma aqui, dá lá!"

"Numa batalha épica de tirar o fôlego?"

"É claro que não! Para uma saudável mudança de hábito, basta encontrar a pessoa que você foi algum tempo atrás, passar as instruções claramente, e ficar dialogando com ela. É dela que vêm os hábitos atuais, então é ela quem tem que mudar. Mas, se você chegar lá e se deparar com uma criança, tome muito cuidado. Você não tem ideia da força que uma criança tem. Jamais tente vencê-la, ouviu? Isso você não vai conseguir. Lembre-se que convencer é vencer em conjunto."

"Simples assim?"

"Simples, sim, mas, se vai ser fácil convencê-la, isso eu já não sei. Tem adultos que ainda são tão infantis..."

"O problema é que nem sempre as crianças gostam de ouvir a verdade!"

"Uma ova! Elas não gostam é de ouvir as mentiras dos adultos que acham que sabem tudo sobre as crianças e, mesmo não sabendo nada, insistem em brigar com elas. Mas vou te dar uma dica, anota aí no seu caderninho do sucesso: todas as crianças gostam de elogios. Então festeje com ela, dê os parabéns a ela pela grande mudança antes mesmo de ter sido realizada."

"Mas isso não seria uma mentira?"

"Por acaso criança se prende no tempo? Se for o que você realmente quer, não estará mentindo e, por isso, ela vai levar muito a sério. Então transmita a ela a certeza genuína de que tal mudança é tudo o que ela mais deseja, e não esqueça de deixá-la muito feliz desde o início, ouviu? Criança nenhuma nasceu para ser infeliz!"

"Nem eu?"

"Oh, Pênis-Pai, dê-me paciência... Eu vou acabar perdendo a cabeça com essa mulher se ela continuar se fazendo de idiota!"

"O que você disse?"

"Por acaso estamos falando de outras pessoas?"

"Mas que grosso!"

"Não fala assim..."

"Falo!"

"Então fala porque assim você está me elogiando!" Bruce deu uma risada.

"Eu só estava pensando..."

"Pensando em quê?"

"Como vou deixá-la feliz se eu mesma, às vezes..."

"Não é feliz? O que você quer agora, ser feliz ou tratar os seus hábitos?"

"Oh, Dona Clit toda poderosa, me segura, me segura porque eu vou meter a mão na cara desse pênis se ele continuar sendo idiota!"

"Se você encostar a mão na minha face eu dou a outra!" Bruce deu outra risada. "Quem é Dona Clit?"

"Dona Clit? Ah, não se preocupe, ela não é ignorante como você!"

"O que disse?"

"Pensei que soubesse que a felicidade também é um hábito!"

"Por que você está falando nesse tom de briga comigo?"

"Muito provavelmente porque a briga também seja um hábito..."

"Enraizado! Vem lá dos primórdios da animalidade... Viu como você quis me ofender? Eu disse apenas que você estava se fazendo de idiota, você disse que eu era, e ainda chamou essa tal de Dona Clit para cair no cacete com Pênis-Pai. Isso, chama Dona Clit, pode chamar... Está achando que eles vão se mutilar? Eles vão é se amar! Você vai ver o hábito que eles vão criar. Mas que coisa horrível é esse hábito da briga, hein? Até esqueci onde estávamos..."

"Estávamos falando sobre mudanças de hábitos, de uma mesma pessoa, dividida em três, em tempos distintos, interagindo entre si..."

"Exatamente! Então encontre essa criança que há em você e converse o tempo todo com ela, parabenizando-a por cada passo dado, ou que tenha tentado e, quando menos perceber, ela estará lhe entregando o velho hábito completamente transformado na sua mão. Jamais sinta raiva dela, ouviu? No entanto, se ela estiver muito preguiçosa e não quiser fazer as lições de casa, não se engane, entra logo na água fria para acordar, pois a preguiça do passado não fica no passado."

"Mas ela é tão..."

"E..." Bruce olhou de lado. "Já estou sentindo que essa relação entre vocês é mais complicada do que eu pensava, hein?"

"Pois é..."

"Criança ou adolescente?"

"Adolescente criança! Ela errou feio comigo!"

"E até quando vai ficar errando com ela?"

"Mas ela..."

"A regra é clara: 'não julgueis e não serás julgada', pois o sentimento inflama naquele que julga. Então liberte-se libertando-a. Perceba que se alguém errou, esse alguém era uma criança imatura que queria crescer. Ninguém tropeça porque quer cair, mas porque está tentando andar. Sabia que o autojulgamento punitivo constante tem outro nome? Então não deixe a sua criança de castigo no quartinho escuro da culpa dentro de você. Ela não merece isso, você também não. Aprisionada, essa criança não para de chorar; liberta, ela estará pronta para te encher de vida e te fazer sorrir! Da mesma forma que a sua força hoje está nela, no amanhã a força está em você agora. Vai ficar se esmagando no passado, presente e futuro ao mesmo tempo? Libertareis a sua criança e serás livre nos três tempos verbais! Gostou dessa?"

"O problema é que ela é muito teimosa. Ela me tira do sério! Se eu me aproximar dela, não sei o que pode acontecer."

"Está falando da batalha épica? Deflagra a batalha! Ofereça a outra face da mesma cara! Se teimosia é fraqueza, disciplina é fortaleza! Ela vai adorar essa brincadeira... Então saiba convencê-la, e vença juntamente com ela!"

A mulher foi tomada por uma forte emoção e começou aplaudir.

Bruce deu uma recuada.

"Quem está aí aplaudindo?"

"Sou eu quem está aqui!"

"Crescida, maior de idade?"

"Sim!"

"Para de aplaudir desse jeito, está parecendo uma criança!"

"Não consigo!"

"Cadê a disciplina?"

"Ainda preciso criar esse hábito..."

"Criar? Não sabes tu que disciplina é teimosia amadurecida? A teimosia ainda não se transformou em disciplina?"

"O que eu faço para amadurecer mais rápido?"

"Chama reforço! Conecte-se com o seu 'eu' do futuro. De lá, você envia as ordens para seguir no presente, criando o hábito. Do presente, você envia as ordens para seguir no passado, transformando o hábito. É toma lá, dá cá, toma aqui, dá lá! Isso é que é batalha épica de dar muito fôlego para a alma..."

"Então..."

"Está esperando o quê? Você é a Mulher 3 em 1 – a mulher multimídia! A máquina do tempo você já tem, o cérebro; o combustível também, a emoção. Então conecte-se com o lugar onde deseja chegar, e vá com a passagem só de ida, feliz da vida; não desista, minha amiga! Mas não esqueça de desejar, tem que querer de verdade, com força de vontade!"

"Cadê o meu fruto!"

"Que fruto?"

"Até quem não desejou encontrar essa árvore saiu daqui com um fruto na mão. Cadê o meu? Onde ele está?"

"Você não vai levar não..."

"Por que não?"

"Pode dar problema em casa, vai gerar muitas interpretações..."

"Mas é meu! Eu vou levar!"

"Nananinanão! Pegue um travesseiro ou qualquer outra coisa para não se esquecer dos hábitos que precisam ser transformados ou criados, mas jamais um fruto em forma de pênis com o meu nome escrito Hábito!"

11 - A chuva de folhas

A próxima pessoa que subiu na árvore movia-se com muita dificuldade. Suas articulações estavam todas travadas, gerando-lhe imensa fadiga. Ela não conseguia erguer a mão acima da cabeça, não conseguia levantar os pés acima dos joelhos, os joelhos acima da cintura... Os movimentos de rotação do tronco e pescoço estavam extremamente limitados, e ela ainda usava uma capa grossa e pesada sobre o corpo, dificultando ainda mais a sua vida. Não foi nada fácil a escalada.

"Então como ela conseguiu subir numa árvore?!" Bruce indaga, porque não consegue ficar calado. "Isso seria impossível!"

"A árvore a reconheceu e formou uma escada com os galhos para que ela pudesse subir..."

"Ela já esteve aqui antes?"

"Sim."

"Ela disse o nome dela?"

"Magda."

"Airam? A voz dela estava irreconhecível!"

"Pois é... Você acha que foi uma boa ideia dizer a ela que você era sortudo, muito sortudo, que só conhecia a sorte, nunca tinha visto o azar?"

"Queria que eu dissesse o quê? Ela chegou dizendo que queria encontrar a sorte, pois só conhecia o azar... Eu tinha que mostrar como se fala!"

"Mas precisava dizer que, de tão sortudo, você é própria sorte em forma de pênis?"

"Não me lembro de mais nada depois disso. O que aconteceu?"

"Ela te deu um tapa na cabeça."

"O quê?! Ela fez isso comigo? Logo ela, a minha ave, Airam, a minha Eva!"

"Ela disse que o nome dela é Magda."

"Por que ela fez isso? Eu a tratei com tanto carinho..."

"Mas nem todo mundo a tratou assim..."

"Eu disse para ela não sair por aí oferecendo a felicidade para quem não quer ser feliz!"

"E desde quando uma pessoa feliz consegue se segurar? A felicidade é alimentada quando é compartilhada. É claro que ela ia querer mostrar aos outros como é bom ser feliz..."

"Mas ela me deu um tapa! Tenho certeza de que a árvore ficou toda apagada quando ela me deixou inconsciente..."

"A árvore continuou do jeito que estava, e depois que eu a pedi em casamento, acendeu mais ainda!"

"Você a pediu em casamento? Ela disse que havia se transformado no próprio azar, estava toda travada, sofrida, cheia de mágoas... Você perdeu o juízo?"

"O que eu perdi foram as dúvidas que você me trazia, isso sim!"

"Dúvidas?"

"Coisas incríveis aconteceram aqui..."

"E ninguém me acordou? Eu não estou entendendo nada! Conta como tudo aconteceu!"

Pois bem, enquanto Bruce dormia, o homem pôde ver melhor o jeito como estava e, mais consciente de si mesmo, pediu-a que olhasse um pouco para ela.

"Eu não gosto de ver o que vejo quando olho para mim desse jeito...", ela respondeu, frustrada com a situação em que se encontrava.

"Vamos, tente", ele insistiu. "Veja como você realmente é."

"Não consigo... Você não está vendo que eu mal consigo me mexer! Se ao menos eu estivesse menos travada..."

"Então feche os olhos e imagine."

Ela fechou os olhos, contraiu as pálpebras, e logo os abriu.

"Não consigo imaginar!", ela disse, ofegante.

"Mas por que você tem medo de imaginar?"

"Não sei..."

"Busque as respostas."

Ela olhou em volta.

"Porque eu tenho medo de não fazer o que os outros querem que eu faça."

"Mas, por que você tem medo de não fazer o que os outros querem que você faça?"

"Porque eu tenho medo de errar."

"E por que você tem medo de errar?"

"Porque eu fui punida quando errei, mas errei porque agi, e agi porque imaginei."

"Então é por isso que você tem medo de imaginar, porque foi punida... Mas o que você imaginou?

"Eu imaginei que ia acertar."

"O que você queria fazer?"

"Eu só queria ser feliz!" Os olhos dela encheram-se de lágrimas. "Eu fiquei tão feliz quando encontrei a felicidade... Corri para dividir o que sentia com eles, mas eles sentiram raiva de mim!"

"Você acha que errou?"

"Eles me culparam! Fui acusada por coisas que eu não fiz, atiraram pedras em mim, fizeram tudo o que podiam para me impedir de ser feliz... Eles arrancaram as minhas asas!"

"Mas, e quanto a você, você se culpou?"

"Não...", ela disse, movendo o rosto para os lados, os olhos muito focados. "Eu me travei toda!"

Silêncio.

"E agora, você se sente culpada por alguma coisa?"

"Eles que são os culpados por hoje eu estar assim! Eu tinha tanta vida..."

"A culpa sempre cresce naqueles que buscam alguém para culpar... Tira essa capa pesada do seu corpo, você não merece isso. Pare de olhar para eles e olha mais para você. Você é a pessoa que mais merece receber a sua atenção."

"Mas eu não gosto de olhar para mim desse jeito..."

"Então olhe nos meus olhos." Ele estendeu as duas mãos na direção dela.

"Eu não quero mais tocar em você."

"Mas eu quero te tocar."

"Assim como estou?"

"Eu quero te abraçar de qualquer jeito!"

"Não fala assim..."

"Vamos, dê-me as suas mãos, permita-me te tocar."

"Você deve estar com a mente em algum futuro distante, eu não vou me iludir..."

"Eu estou com a mente no presente mais-que-perfeito, e é por isso que eu não tiro os olhos de você! Vamos, pegue as minhas mãos e olhe nos meus olhos, veja o que neles se reflete."

Quando ela olhou...

"Oh!"

A ave mais linda dessa terra estava agora diante dela.

"Quem é?"

"Não reconhece?"

"Airam?"

"Como ela é?"

"Plumagem branca, azul e dourada, irradiando luz, forte, imponente... É linda!"

Mas quando ela olhou no outro olho...

"Oh!"

Uma ave de plumagem negra, fascinante como a noite estrelada, imersa em um estado de invencibilidade e êxtase, estava agora com o peito aberto na direção dela, os olhos bem acesos, a postura impecável, irradiando elegância.

"É muito linda!"

"Aproxime-se delas."

Ela então mirou entre as duas aves e foi se aproximando, e as aves foram se aproximando uma da outra enquanto se aproximavam dela. Quando ela deu por si, os lábios dela estavam colados nos lábios dele, as duas aves fundidas dentro dela. Imediatamente, diversas folhas começam a brotar nos galhos da árvore.

Foi um efeito encantador.

As folhas cresceram rapidamente, adquirindo diversas cores e tamanhos, desprenderam-se, uma chuva de folhas os envolveu naquela árvore.

A chuva descia em câmera lenta, enquanto eles levitavam abraçados um ao outro.

Próximas ao solo, as folhas foram levantadas pelo vento e, enquanto um raio saía da árvore e explodia nas nuvens, MAGDAIRAM desdobrou as suas asas e pôs-se a voar com o trovão.

www.ingramcontent.com/pod-product-compliance
Ingram Content Group UK Ltd.
Pitfield, Milton Keynes, MK11 3LW, UK
UKHW042002190726
13854UKWH00005B/2130

9 786500 280821